歌集

カノープス燃ゆ

片岡　絢
Kataoka Aya

六花書林

カノープス燃ゆ　＊　目次

装幀　真田幸治

カノープス燃ゆ

金色のみづ

ラジオからわつと笑ひが洩れるたび一人暮らしの部屋は明るむ

はつさくを剥いてひと房食むごとに身に溜まりゆく金色のみづ

月照りて紺深まればたましひが交錯し合ふ深き空間

目覚めても寂しいままだらうけれど水でも飲んで眠らなければ

近眼のしづかな少女だつたから雨が降る日は雨と話せた

眠れずにココアを啜り息をつく夜には夜を愛《を》しむ気持ちあり

薄荷水《はくかすい》きらめくやうな全天は秋の空なりわが街の空

君に逢ふための電車はゆふぐれを遠くから来て我を入れたり

〈毒をもつて毒を制す〉を連想し残業ちゆう買ふ缶コーヒーを

仕事とはきつといろいろ良い方へより良い方へ持つてく力

野菜スープ

月を見てただちに思ふ　月を見て君も私を思ふと思ふ

雨の香がしてふかぶかと息を吸ひ冬空からの一滴を待つ

心臓を体にをさめ誰よりもしづか　逢瀬の帰りの我は

女には茹でてゐる菜を引き上げる刻をはづさぬ眼差しがある

そそくさと野菜スープをこしらへて司馬遼太郎の続きを読みぬ

殺されてしまふ、　まもなく信長は　本伏せ梅雨の空気を入れる

逃れゆく明智光秀あぢさゐの葉群は彼を見てゐただらう

戦国時代から顔をあげ息抜きに車窓の雨とあぢさゐを見る

シャンパンの泡

だんだんと減ってはきたが今年もう三度目である式に呼ばれる
シャンパンの泡のかすかな音を聴く間もないままに拍手は満ちる

スンドゥブの美味しい店に二度通ひこの週末は自分で作る

自らが作つたものを食べるのは時にせつないのだ、　特に鍋

声がそのまま空に吸はれてゆくやうな綺麗な佐賀に祖母は暮らせり

母と来た母のふるさと母は今わたしの知らぬ佐賀弁になる

晴れ晴れと祖母は米寿を祝はれて黄のちゃんちゃんこ着て酒を飲む

いとこ達と駆けた日なたの縁側を歩いてみたらたつたの四歩

機会は有り続く

夕暮れて雨があがりて春の陽はふかぶかと部屋の奥まで射しぬ

幾つかの野菜を切つた後の手は母とおんなじ匂ひがしたり

カビキラー使ふ時いつもスイミングプールに通つた日々思ひ出す

生きるあひだ機会はずつと有り続く　たとへば恋に溺れる機会

本当は春はひたすら眠りたいその〈本当〉が来るのはいつか

恋人と過ごす休日　助手席で私は海はまだかと歌ふ

助手席で猫の気持ちがよくわかるただ嬉しくて飼ひ主を見る

思ひ出をつくれつくれと太陽は地球を煽りぐんぐん回る

カーテンを丸洗ひして春の午後まどろむ部屋に光が満ちる

老木の桜の下を過ぐる時〈はやく散りたい〉といふ声がする

ただ好きになつたのだつた　恋などは桜が春に咲くやうなこと

恋人の眼差しが降りかかる場所　ここは地上の一等地です

皿洗ひしてると君はしめしめと思ふのだらう絡みに来たる

静寂といふバラにあるトゲを知る　一人で暮らす部屋の静寂

キャンプ

星空のした両親とわたしだけ三人だけの静かなキャンプ

西伊豆の海は穏やか何もしない二泊三日を過ごしに来たり

寝袋にくるまつて聴く雨粒がテントに落ちるときの重みを

夕立ちのあと幹乾きゆくときの木の芳香を惜しみなく吸ふ

万物があるこの世にはあるだらう星降るやうに皆が笑ふ日

わたくしはこの身以外に持ってないすこやかな身に水流し込む

石ぢやない私は生きた人間でかうやって蚊に刺されなどする

ひと夏の蟬の声聴く　わたしもだ　やがて死ぬのに生まれてきたよ

たつぷりの夕焼け色の海水の中に夕日は入つてゆきぬ

帰る日はテントをたたみ三次元から二次元にすとんと落ちる

銀河から望遠鏡《リフレクター》で覗かれてゐたかもしれぬ静かなキャンプ

樹海

夏の田をわたるそよ風まろやかで弥生時代もこんなんでした

愛されてゐたのだずつと陽は照らす気付かなかつたわたしを照らす

沼津産あをさを入れたみそ汁を啜れば海を飲む心地なり

わたしにはわたしの時間　陽を仰ぎ青木ヶ原の樹海を歩く

飛行船みたいに父はやさしくて私に何も言へないでゐる

包丁とまな板に付くヌメヌメの照りを惜しみてオクラを刻む

身体は古びてゆくが知つてゐる〈ほんとのわたし〉に歳が無いこと

斎場

目が醒めて雨の気配をぼんやりと感じ吊るした喪服を感ず

新宿は知ってるやうで実際はよく知らなくて無駄に歩きぬ

タクシーはゆつくり曲がり斎場は目前となり音が消えゆく

降る雨のなかの斎場　いまわれの視界の限り雨と斎場

故誰々、その故の下の従弟の名　その看板を見つめてをりぬ

病院を抜けて従弟はパチンコに行ってたといふ逸話が聞こゆ

親よりも子が先に死ぬやうなこと　身近に起こる　何でそんなこと

雨の庭

幾百も揺れゐるまるい木漏れ陽が部屋の白壁まで届く午後

眠れないなあとうねうねしてゐると「やあ」と窓から月が入り来ぬ

君は多忙ゆゑになかなか会へなくて君は火星に居るのと同じ

もういいよ、よくやつたねと抱きくるる宙《そら》より深き何かを恋ひぬ

味噌汁の蕪を囓りてずんずんと今年の冬に踏み込む心地

舞ひあがる蝶は目撃してしまふ独りかがやく陽のさびしさを

最寄り駅から山頂に至るまで人、人、人、人、人、高尾山

寂しさを振り払はむと弾き出したピアノにやがて弾かされてゐる

雨が降り雨が上がつて虹が出るまでのピアノの曲「雨の庭」

魂に刻みたるのち蠟燭の火を吹くやうに恋を終はらす

窓を拭きつつ青空を見るだけでひととき鶴のやうなる気持ち

クロアチアビール

ああ我の小さき母が空港の金属探知ゲートをくぐる

人体はかなしみなれば雲上の機体の中のかなしみ五百

母眠る機内の窓ゆ夕ぐれの茜に染まる雲海が見ゆ

ドイツ語の意味わからねどコックピットからの機長の頼もしい声

クロアチアビールを飲みて笑ひ合ふこんな日のため働いて来た

陽はわれに小さな影を、山脈に大きな影をザグレブは生む

目の醒めるアドリア海の碧《あを》を前にわたしは忘れたいよわたしを

杖をつき始めた母に腕を貸す母から産まれ出てきたわたし

海外の帰りの機内食にある蕎麦のめんつゆその揺れを飲む

カレンダーどほり日は来てどれほどの旅をしたつて職場へ戻る

ふるさと

友人の涙こらふる目を見たり星座のやうに誰もが孤り

電車にて微睡《まどろ》みをれば金の陽はまつげの隙間から入り込む

大空の奥へ愛しい人を置き逢ひたいときは空に昇れり

納豆を混ぜてゐる時　休日に二度寝する時　気分が似てる

どうしよう家に仕事に通勤に街に日本に飽きてしまつた

風邪を引き天井を見て過ごすうち天井やがて草原となる

ふるさとを持つひと羨《とも》しうつくしき前世のやうなふるさとが欲し

特徴のないわたくしは特徴のない一日を事務所で過ごす

せんべいを一体何枚食べたのかわからなくなる深夜の職場

友達だ　私の仕事が終はるのを輝きながら待つてゐる月

月だつて地球についいて来る　誰も優しいものから離れられずに

マーラー

マーラーの交響曲は頭上から鳥に焦がれる樹の声がする
意のままに音を呼び出し頭をゆらし指揮者はひとり微睡んでゐる

チェロ奏者たちが楽譜を一斉にめくる動きも揃ってをりぬ

佳境へと近づいてゆき打楽器の奏者三人が立ち上がりたり

シンバルを鳴らしたあとでゆらゆらと金のおもてを客席に見す

大海に解き放たれたさかなたち終楽章の楽団員たち

しづかな火

はるかなる処より矢が放たれて地に突き刺さりをり曼珠沙華

経緯《ゆくたて》のさまざまに人は墓地へ来て日射しの中でおはぎ食べをり

生者なるわれにまだまだ幾人《いくたり》も生者は絡み　お墓を洗ふ

行くべきと言はれた寺のその一つ秋篠寺《あきしのでら》は霧雨の中

やはらかに立つ伎芸天この星に産み落とされた私は見上ぐ

居合はせたゆどうふ店のお坊さん「灰皿はありますか」と言つた

化野《あだしの》の念仏寺の八千の無縁仏を見る　生きて見る

寂光院ひかりの中にさびしさがさびしさの中にやすらぎがある

愛といふものはしづかな火のやうで寂光院を枯木が囲ふ

秋雨が濡らすもみぢの清冽な匂ひを吸へり露天風呂にて

絡まつて寝れば

絡まつて寝れば手足は八つあり私の手だか君の足だか

絡まつて寝れば寝息が我が頰を小人のやうに行き帰りする

絡まつて寝ればグルルと音がして誰のお腹が鳴つたか揉める

絡まつて寝ればセピアのこの部屋は死後のやうなる安らぎに満つ

深い深い海

杖をつく母に寄り添ふ　かつて我に添ひてゆつくり歩んだ母に

ああ今日も祭りのやうだ事務室は朝から晩まで何かが起こる

六階の休憩室のこの場所に座ると見える〈青空のみ〉が

アフリカのライオンが見る地平線その先にある私の暮らし

珈琲はわからぬされど「マンデリン」言ひたくて言ひ注文となる

ゆつくりと蜜を呑み込むやうに吸ふ君が身じろぎ揺らす空気を

君の耳なでしこ色に染まりゐてかはいさうにね恋なんかして

微睡んでゐる車窓から見えてゐるいま乗りたいよあの飛行機に

安堵の空気

上役が先に帰りてこれやこの安堵の空気うす桃の色

マフラーを巻いたら足が見えなくて顔から上が歩く感じす

哀れなり片手に握るこんな板が君の言葉でひかるのを待つ

青空のみづみづしさに歩道橋のぼりてゆけば空までのぼる

闇に聴くカルメン二幕のドン・ホセのセリフは昨夜君から聞いた

絢中毒などと最近騒いでる人から今日も電話がかかる

会へずとも君の姿は目の裏に印刷されてゐるのだと言ふ

メーターが赤に振り切れたと言つて彼が私を抱き締めに来る

人生の中盤ごろか木のやうにすつきりとして単身のわれ

夕暮れの東急東横線内であなたを想ふため目を閉ぢる

怒号

海賊の魅惑に満ちた目があまたきらめいてゐる雨上がりの空

衣擦れの音をくまなく聞く暮らし　一人暮らしは土星の暮らし

恋人が忘れていつたセーターがふいに香りて胸底に沁む

米を研ぐ右手は別の生き物のやうに勝手にきびきび動く

部下一人叱つた後の上役の苦悶にゆがむ目を見てしまふ

上機嫌とは伝染し事務室でわたしが笑へばみんなが笑ふ

鳩尾が痛みて〈恋〉の同義語は〈今〉にほかならないと思ひぬ

宮仕へすまじきものと先人は教へてくれてゐたのに　わたし

新緑を見ずに職場のパソコンを見て過ごす日を今日も選んだ

サラリーマンぢやないウーマン　上司から怒号を浴びてこらへてをりぬ

日常のがんじがらめに追ひ打ちをかけるがごとく梅雨に入りたり

ザクロ

満員の電車が去って新宿のホームみるみる頭が増える

残念なことだ満員電車ではわれの清らかなるこころ消ゆ

われを「薬」と呼びくる彼に会ひたいがまだもう少しこの気持ち隠す

このザクロまもなく世から消え去りて私の中で赤光りする

だんだんとそら瑠璃紺に染め上がり世に二つなき今夜は来たり

ロマンスカーの展望席に座る夜はめくるめく闇に吸はれ続ける

橋といふ橋は誰かに会ふために誰かが作ってくれてゐる道

君の向かうの空

駅弁は綺麗とりわけしゅうまいにきゅっと絞った辛子の黄色

郷士《がうし》の郷その字を説明するときに郷ひろみの郷ねと言った君

新幹線〈のぞみ〉速くて通過する駅の名前をまた読みのがす

新幹線が掛川城を通過してはじまる君の歴史講話が

恋人はわたしのためにいそいそと売り子を呼んでアイスを買へり

スジャータのバニラアイスが我の身を流れ車窓の新緑美し

関ヶ原あたりの景色あをあをと緑は茂り武将が駆ける

空のした君に抱かれてわたくしは君の向かうの空に抱かれる

居酒屋の〈ルービンリキ〉のポスターを見ながら友に相槌を打つ

青空の海に溺れる悦びがわたしのすべてと伸びてゆく竹

目瞑ればいまは和暦のいつのとき　ここは嵯峨野の竹林の道

ゆららさらら

縦方向はリンゴと同じ引力で横方向はきみが引力

勉強はするべき歌は歌ふべき旅はするべき手は繋ぐべき

ぎんなんを嚙みしめるとき山里の茅葺き屋根の匂ひを嗅げり

失恋に向けて心の準備をする　中森明菜の「難破船」も聴く

よく嚙んで食べなきやわんこそばだつて　待つて薬味を足すから待つて

風除けのホームの待合室に入る　ここが雪国なら情緒ある

所在なく哀しい今日は壁際のピアノをずつとずつと弾くのだ

冷んやりとしてゐるところと温かいところと　君の肌いいよねえ

あの人といふより私を見るときのあの人の目に会ひたいだけだ

予告編終はり二人に恩寵のやうな暗闇降《お》りて来たりぬ

君はただゆららさららと持つて来よ君そのもののそのぬくもりを

この世は花野

「えべれすと。仕事の量が、えべれすと」呟きながら歩く同僚

山を越えまた山を越えこの部署は最近ずつと尾根続きです

誰も彼も靄より出でて名を呼ばれ靄へ戻りぬ　この世は花野

食べてゐる途中で耳がとほくなる辛すぎた自家製タイカレー

ゴキブリが逃げ出すごとく球音とともに走者ら一斉に駆く

アンコール・ワットで母と朝焼けを見たこと地球上の思ひ出

あのひとの撃ち抜くやうな眼差しがひとりのときの我を襲へり

横綱がスローモーションで倒されて両国国技館が膨らむ

青空にふいに現れたる虫が数秒後ジャンボジェット機になる

君思ふ気持ちがぷうと膨らんでときどき宙を浮きつつ歩く

てのひら

ぬるま湯のやうなあなたのてのひらがうなじにあれば私はうなじ

舞ふことを歓び闇に舞ふホタル三匹、二匹、三匹、五匹

目を閉ぢて千一体は見てをりぬ幾千万の生者が行くを

三つ編みの中学生が振り返る中学生のわたしの顔で

味はふが良い　子らは皆これの世の複雑怪奇な恋の妙味を

閉門の後つぎつぎに伸びをして喋り始める一千一体

てのひらが私に二つしかなくて君撫でるとき全然足りない

二寧坂あなたが汗を拭ひつつスイカソーダを飲んでゐた坂

トロールビーズ

そのひとつひとつがまるで出来立ての飴のやうなるトロールビーズ

ジュエリーをいくつも着けて帰宅してそれを次々はづす喜び

昼食の稲庭うどん橙や赤が見たくて七味を振りぬ

世にかつて在りしや無力の一組の夫婦の希望がわれであつた日

この先も歩けるやうに泣き虫の母は手術の決意をしたり

柳川はとろりとろりと揺りかごの町にてそこに母入院す

リハビリがあしたもあしたもその次のあしたも続く母の小さき

母からの電話は徐々に柳川の訛りが増える　相槌を打つ

祈りのエネルギー

帰宅してリモコンを数回押してマツコ・デラックスが出てるのにする

大気圏の外へとぽーんと投げられた感じがしたな振られた時は

この駅の人たちゴメンなさいねーと叫びつつ去る急行電車

奥深く分け入らるるを待つてゐる我のピアノは森のごとしも

セ・リーグとパ・リーグの内訳知らぬ女二人で座席を探す

ビール飲むたびに見上げる天井の意外に低い東京ドーム

〈叙々苑〉の文字が画面に迫り来て打者の打球は二塁打となる

好きなのは盗塁もっと好きなのは盗塁刺した捕手の眼差し

対面の応援席の人々の腕はイワシの大群のやう
球場に満ちる祈りのエネルギー　これを平和に向ければ凄い

アイロンがけ

今朝もよく混んでる電車さあわれは十五分間運ばれるのみ

家事全般してもらへると思ふなよ　結婚以後の日々は闘ひ

露天風呂までの数秒なまなまと身は霜月の夜に晒さる

湯河原の〈理想郷〉といふバス停に老人ひとり降りてゆきたり

「ワイシャツのアイロンがけをしてほしい」夫に言はれた妻の衝撃

実母から「アイロンぐらいかけてあげたら」と言はれた娘の衝撃

義両親から「アイロンをかけてやってほしい」と言はれた嫁の衝撃

「ワイシャツのアイロンがけはしません」と妻に言はれた夫の衝撃

私の海

このうへもなくいとほしい鳳凰の夢を見た後いのちが宿る

音もなくひかりは生れてわたくしの身を借り大きくなりゆくものよ

ボーダーの服を着るひと多いこと産科の待合室で気付けり

実感のないままエコー見てをりぬ私の海の2ミリの子ども

ああこれがそれかと思ふ　梅干しかグレープフルーツなら食べられる

あさひるよる吐くに吐けずに口ずさむ線路は続くよ悪阻《つはり》は続くよ

食べられる隙にカロリー摂っておく終はりの見えぬ悪阻の日々は

濁りゐる水槽の中の藻のやうに逃げ場所あらず悪阻の日々は

両乳房ときをり強く痛むこと母体の準備勝手に進む

自治体の主催の〈母親学級〉に来てゐる妊婦らの真面目な目

この秋は日に幾たびも腹に触れ大きさを確かめる人となる

青空のやうな気持ち

胎児よりあなたの体が心配と母は言ひたり母のみ言ひたり

ダライ・ラマ十四世が言つてゐる「睡眠は最高の瞑想」

身籠ればわたしが宇宙　身の洞に星またたかせ胎児に見せる

〈マタニティマーク〉付けたら次々と席を譲られ日本すごいかも

下の名で呼んでいいかと聞かれた日　その日が恋のピークであつた

雪国の雰囲気を出し鍋の中ふろふき大根できあがりゆく

早く来よ次の健診　胎内の子の大きさを確認したし

腹の子が男の子だと知つたとき青空のやうな気持ちになつた

白黒のエコーに映る腹の子はイケメンでしたと義母に伝へる

わが内で予期せぬときに蠢いてつくづく腹に居るのは他人

安産のお守り四つぶら下げて産休までは働きにゆく

こつちにおいで

分娩の映像ののち会場の夫婦らシンと静まりかへる

胎教に良いモーツァルトではなくて中島みゆきメドレーで弾く

思ふのみ思ふのみだが戦《いくさ》の地シリアの妊婦を思ふことあり

名残惜しさうにお腹で動く君　私も名残惜しい春だよ

数日後きつと腹からゐなくなる　あと数日はこの子はわたし

「その腹は破裂しそうだ早く産め」父さんにそんなこと言はれてる

背後から桜吹雪が来て君に抱かれるやうに立ち止まりたり

われの身を内側から蹴りまくるヒト　蹴つて蹴つて蹴つてこつちにおいで

百獣の王

絶叫が陣痛室にこだまする　はじめて聞いたわれの絶叫

崖に咲く眩しい花を摘み終へた分娩台の上のわたくし

おっぱいを飲ませゐるとき百獣の王のごとくにわれ誇らしき

産み終へた日の夜のわれは深々とプルシャンブルーの地球に眠る

病室の仕切りの中の母達は産みたての子を見つめてしづか

産院の授乳室の灯ひそやかに二十四時間消えることなし

添ひ乳を楽な姿勢でするために夜中の我はアクロバティック

外食もいいけど家の食事だな　そんな顔して乳を吸ふ子だ

赤ちゃんが口をへの字にして泣けば抱き締めたい気持ちが炸裂す

誰々に似てゐるだとか言つてゐるどこもかしこもわれに似る子を

幻聴がする　子を置いて出掛けたる美容院にて子の泣き声の

「くふ」といふ声であくびを閉ぢる子に鼻寄せて嗅ぐ甘き口臭

カレンダー剝がしてコックピットから雲海を見る六月となる

おつぱいを懸命に飲む子の顔をわれは生涯忘れはしない

蜂蜜ごゑ

高い高いすればするする光りつつ下降してくる涎ひとすぢ

たつぷりの赤子は海のやうでありは海泣いたり笑つたりする

息を詰め赤子の爪を切る音を〈灯台守〉が聴いてゐる夜

糠床を一日一度かき混ぜて似非《えせ》の良妻賢母恥《やさ》しき

泣き止まぬ子よ母さんと出かけよう絨毯に乗り夜間飛行へ

みどりごが眠りに落ちてその母も眠りに落ちて漲《みなぎ》る銀河

子を撮つた動画に入り込んでゐた我の蜂蜜ごゑに驚く

子を預け喫茶店にて五十分トマト畑に降る雨を見る

授乳する夜中の我のがんばりを知らない夫に蹴りを入れたし

赤ん坊はおでこを自分で引っ搔いてあだ名がしばしブッチャーとなる

この授乳何百回目か　さうかさうかあらゆることは場数と思ふ

ザ・赤ちゃん

赤ちゃんの頰の丸みを食べたくて食べたさをこらへ育児に励む

赤ん坊は今は静かに寝てゐるがもちろんこれで済むわけがない

よだれ掛け装着すればたちまちに〈ザ・赤ちゃん〉の貫禄が出る

真夜中にこの世の終はりのごとく泣きたつたひとつの乳首を探す

赤ん坊の小さな服を陽に干せり　大きくなあれ　大きくなるな

朝日浴び授乳をしつつ眺めてたリオデジャネイロオリンピックを

サッカーのＰＫ戦といふものは公開処刑のやうだと思ふ

十九人殺害された事件あり　十九回のお産ありしを

父の還暦

合理的で愉快な父は渡された赤いちゃんちゃんこをそそくさと着る

還暦のうたげの席で「感無量です」といふ語を父から聞けた

談笑はいつも何かを思ひ出しさうで、家族は焚き火の匂ひ

定年後わたしは巴里でムッシューとジェラートを食べ散歩をします

定年を迎へた次の日からまた働きにゆく日本人、父

デンマーク

受肉して地に縛られたみどりごは飛翔を恋ひて幾たびも泣く

ベビーカー押し今日もまたこの街のエレベーターの初めてに乗る

我の眼と同じ眼をした生き物が笑ひかけてくることは切なし

授乳中きみのおでこは隙だらけ好きなだけキスをさせてもらふよ

Aarhus《オーフス》といふ街を知る　子を膝に憧れて見る旅番組で

離乳食のトウフを食べる時にする微妙な顔を期待してゐる

昨年は我のお腹に全部ゐた眠れる吾子をつくづくと見る

我のみの記憶となるや子と共に日照雨《そばへ》の中にゐるやうな日々

春の霞

家時間たのしく午後の陽の陰にバターコーヒー淹れてゐるなり

真夜中に乳房が張つて目が覚める　クジラにもこの痛みはあるか

燻《くゆ》るまで乳は溢れて世が世ならどこぞの乳母となつてゐたかも

オムツにも新生児用、S、M、L、サイズがありてLまで来たり

授乳中ゆゑ現在は食欲が男子中学生並みである

歯が生えてきたボクちゃんが泣き出して恐ろしい授乳の時間なり

ほんたうに春の霞の中をゆく　霞となつて春となるまで

笹舟の揺れ

ハイハイの最盛期いま抱き上げるとき下ろすとき猫と同様

トイレまでハイハイで追ひかけてくる聞いてはゐたが愛しくてならぬ

〈夫への苛立ち〉有効活用はできないものか発電などに

築四十年の団地に笹舟の揺れをもたらす春一番は

六個入り大福餅に手を伸ばすこと六回の、のちの冬凪

やはらかく牛蒡の香り立ちのぼる眠りに落ちるわたしの手より

授乳中＝禁酒中ゆゑ耳につくプルタブを引く夫の出す音

我の目と同じ形の目の赤子それなのにあるおちんちんがある

手の込んだ料理を作りわかるわかるSNS《エスエヌエス》に載せたい気持ち

嬰児《みどりご》のまあるい頬はひもすがら我が接吻を集めるばかり

回遊魚

寝る前に明日は酢豚を作らうと思ひ夢にて作り終へたり

投げスマホ（スマホを投げる）、食べスマホ（スマホを食べる）嬰児の技

昭和記念公園のひかる原つぱに子らは回遊魚のごとくゐる

チューリップ見物客に球根を植ゑた人ひそかに紛れをり

うちの子が今日一歳になるんですベランダに来た雀に話す

お義母さん時代が違ひますなどと言はず浄瑠璃《じやうるり》的にほほゑむ

寝室に息子と夫が眠りゐる　金の無防備、鉄の無防備

赤ちゃんが泣いたら出番かあさんは出番出番の一年でした

ヒヤシンス色の部屋

恩田川沿ひ延々と葉桜の回廊となるしづかな真昼

珈琲の薫りの中に人恋ふるおもひは混ざり混ざりて昇る

わが胸をサンドバッグと思つてる節《ふし》があり子は激突にくる

微睡んでゐる子を見つつ薄氷《うすごほり》踏むやうに出る畳の部屋を

皿洗ひしてゐる夫の背中から〈やってやってる感〉が出てゐる

精巧な赤子の耳を眺めつつ私ほんとにただ産んだだけ

ごはん粒かがやく朝だ　我の手に子の顔と手にテーブルに床に

子の椅子に潜つて食べこぼしを拾ふ我をにこにこ子は見おろせり

幼児にも玩具は玩具でしかなくて触りたいのは財布とスマホ

ヒヤシンス色の部屋にて目を醒ます　春の曇りの明け方のこと

火消し

ベランダの窓の向かうで炎天はゆつくり夜を織り上げてゐる

調理中なのに目ざとくやつて来る一歳二ヶ月、火消しの〈め組〉

「いないいない、ばあ！」だけで子は申し訳なくなるほどに笑ひ転げる

森をゆく車窓に映るわれの目とわれの目が合ふ　とほい、そのひと

現在のわれに最も不要なる近所の進学塾の広告

子連れでのエレベーターのあるあるはベビーカー同士が入れ替はる

精神的去勢のやうな婚姻の制度はやがて終はると思ふ

おつぱいを左右交互に忙しなく飲む子の今日の気持ちわからず

地響きのやうに聴こえる　君がもう言はなくなつた愛してゐるが

仮に子の泣き声を火とするならばわれこそまさに火消しの〈め組〉

あかるい関係

真夜中に走り過ぎゆく自動車の運転する人みな起きてゐる

一歳の子が背負《しょ》ふための一升餅　餅は餅屋で餅屋に頼む

爺さんと孫のあひだに一世代越えたあかるい関係がある

雨の日はぎんなん処理を頑張る日テーブルに新聞を広げて

向かうからベビーカーを押す人が来てベビーカーを押しつつ意識する

子を寝かしつけてゐるときリビングの夫のゲーム音マジやめろ

「有能な猫を集めているところ」ゲーム機から目を離さず夫は

なぜ妻は夫にキレるのか？といふドキュメンタリーを録画して見る

ミサイルが家に落ちなければオーブンのケーキはまもなく焼き上がります

ゴーギャンのタヒチの女の一員となりて授乳のわたくしの夏

子の耳に手を添へるとき我が耳に添へられた母の手は蘇る

凩

とりたてて するとことのなく秋麗《あきうらら》キャベツひと玉せん切りにする

日が出るとどこからともなく集まって砂場で遊ぶミニ地球人

公園のベンチに座る老い人と子は凩《こがらし》のなか入れ替はる

空いちめん鰯雲なり　弟に意地悪をした日に戻りたい

歴代の彼氏を凌駕しちんまりと玉座に即いてゐるのはむすこ

素裸で素裸の子を追ひかける　オムツに足を差し込むまでは

愚図る子の口に乳首を乗せるとき外科医にメスを渡す感覚

駆け足の子どもの二歩と手を繋ぐ我の一歩が同じ、冬の日

くすぐると壊れるほどに笑ふ子の声が宇宙の果てまで響く

「おっぱいの味はどうですか」と聞くと飲みながら子の目は笑ひ出す

我のゐる一歳の子よ　この星のもう母のゐない一歳の子らよ

何べんも生き直す

里芋の下ごしらへが面倒と言つたことない母偉いよな

抱つこ紐から飛び出した両足を揉みつつ新宿地下街をゆく

朝の白湯《さゆ》すみずみ沁みてゆきわれの心がわれに収まってくる

粉薬飲まうと見上げた位置にあるガスのシールをまた見てしまふ

子の靴を脱がせてバスに座らせるとき少しだけ母ぶってゐる

雪の夜は信号の色が変はるたび華やかアラブの祭りのやうに

キッチンの我から死角の位置となる襖の裏でゲームする夫

君と会ふため何べんも生き直すわたしに蒼いしづかなる空

スーパーで時々見かける泣き喚く子は、本日は私の子です

宝塚歌劇団好き叔母さんの還暦の日の写真華やか

梅の香の薄く漂ふ公園を〈村人1〉のやうに歩めり

「おっぱい」とやうやく言へるやうになる　君を育てて来たるおつぱい

宇宙語

料理書の料理を全部作るといふことをしてみようとして、してみたり

わたしには小林カツ代さんがゐる料理書を開けばそこにゐる

核保有国のニュースのテロップを核保育園と読み、二度見する

公園に仲間はあまた　幼子《をさなご》に振り回される大人があまた

米櫃に計量カップを差し入れて手はやはらかく米に洗はる

喃語のことを宇宙語と呼んだりするらしい。

公園に新緑あふれ　二歳児の宇宙語の語彙量も溢れる

物の名を教へつつああかうやって宇宙語を一つづつ奪ふのか

宇宙語の辞書は世に無く　無いものは皆うつくしい　死者達のやうに

らくだのポーズ

身の芯をごそつと持つて行かれさう　授乳といふも命がけなる

別室の子の泣き声をとほく聴き母たちはヨガのらくだのポーズ

薔薇園を駆け回る子を追ひ掛ける　薔薇の薫りを散らし散らして

いつまでも電車を見る子　いつまでもなんかぢやないと風は囁く

〈あぢさゐ〉の旧仮名遣ひに打たれたる教室のわれ十八のとき

駅前のヨガ教室の火曜日の〈美尻クラス〉についてゆけない

しみじみと祇園精舎の鐘の声　息子もやがてオッサンになる

灼熱

ママ友とのランチで便利なこと一位トイレに行くとき見ててもらへる

「キーケだ！」をまた聞きたくてさりげなく近づいてゆくケーキ売り場へ

踏切で待つてゐるとき見たものはローマ帝国のやうな夕焼け

夫婦間和平保てずどの口が言へるだらうか戦争反対

来世もおまへの母となれるなら人類である必要はない

ゆすらうめ色の朝雲伸びてゆき静けさは目から沁み込んでくる

灼熱といふ語を脳は久々に取り出してゐる駅までの道

美容院に木漏れ陽ゆれて耳元の手が恋人の手ならいいのに

生業が〈電車さんバイバイ〉の子に横浜駅は多忙なところ

子と繋ぐわたしの右手ほんたうは虹と繋いでゐるとも思ふ

カノープス燃ゆ

重力に逆らつて翔ぶ鳥の目よ　逆らふ者の美しい目よ

レンコンをじりじり焼けばフライパンから立ちのぼる秋の輪郭

おつぱいがおつぺになつてぺになつてぺと言ひながら子は飲みに来る

〈慰藉〉といふ言葉を思ふ　駆けてくる子を抱きとめる藤色の時

人を恋ふときの眼差し　死を想ふときの眼差し　カノープス燃ゆ

ミニカーを畳のへりに整然と並べ二歳の恍惚はある

燦然と厨を照らす家事用のゴム手袋のレモンイエロー

アメリカの主婦のジェシカとお揃ひのゴム手袋で食器を洗ふ

バリカタ

秋空を鳥は歩いてのぼりゆく　わたしは町を泳いで渡る

いくつかの視線がサッと降りかかるこのラーメン屋カウンター席のみ

問ひ「麺の固さは？」に対し常連ぽい人の答へはみんな「バリカタ」

ラーメンの湯切りをしてゐる店員の上腕二頭筋、見てしまふ

哺乳類の我が子は乳首を出せば吸ふ　りんごが木から落ちる感じで

色の名を覚え始めた君の言ふ「もにに色」とは緑色のこと

太陽を見上げる人

包丁を突き刺してをり　いまわたしキャベツの芯をくりぬくために

ふいに子を嗅ぎたくなつて包丁を置いてテレビの前の子に寄る

１ＬＤＫの団地のリビングは午後柿色のひかりに満ちる

満開のその日に向けて幹の水だんだん重くなりゆくさくら

わたしよりわたしの子を愛するひとがゐない世界に愕然とする

ウィキペディアにて知るのび太くんのママ野比玉子《のびたまこ》さんの旧姓、片岡

出来るだけ薄くキュウリを刻まうと思ひそれから面白くなる

自家製に限ると思ふいちごジャム煮詰めるときの豪奢な香り

花林糖ひと袋食べ終へたのでヤモリのやうに陽を浴びてをり

太陽は誰をも照らし太陽を見上げる人をもつとも照らす

虹

手品師が鳩を手元に呼び寄せるやうにひとひら、ふたひら、桜

時かけて降りてくるものうつくしき　粉雪、花弁、生きものの羽

リモコンのボタンを押せり人類の叡智はここに詰まつてをりぬ

降つてゐるものは桜と気付きたりエンドロールのやうなり車窓

魂が肉を纏つてゐることがよくわかる春の夕暮れである

憧れの〈幼稚園バス〉保育園への道すがら子と仰ぎ見る

虹を追ふ側と思つてゐたけれどわたしたちこそ虹だつたのだ

笹の香

浴槽の子を抱き上げたときだつた腰をビ、リ、リが横切つたのは

うつ伏せて鍼灸院にゐる我はシーラカンスのごとく眠たい

わたくしは腰痛になり大切なものが増えたり　わたくしの腰

子の語彙はそのまま流行語となりて我が家の「おやすみ」今は「やすみみ」

駅地下のミネストローネ独り身に戻りたくなる切なきまでに

トイレからリビングまでの数歩しかない廊下でも子は手を繋ぐ

保育園の七夕飾りの笹の香をふかぶかと嗅ぎ職場へ急ぐ

華麗なるフィギュアスケートのジャンプだが私の腰の痛みに響く

仲が良いよりも良いこと

球場のスタンド席の女生徒の祈りのしぐさをしたことがある

本塁打となる音響きその球の軌跡を追はず俯く投手

打たれたる投手の母の心境になつてしまつて見てゐられない

遥かなる高三の日の球場のスタンド席のわが声いづこ

〈山道をゆけどもゆけども山道〉といふ状況に焦がれをり、いま

なにごとも朝一は良く婦人科の待合室の窓のしづけさ

仲が良いことよりも良いことはない地球の何処を探してもない

子の熱は今朝も下がらず　職場への電話の前に息ふかく吸ふ

わたくしの淋しい指は茹で玉子剝きをり父を言ひ負かした日

立て看板〈うんどうかい〉の横に子を立たせて秋の陽も入れて撮る

ゴールにて抱きとめるべく立つわれにひかりとなつて子は駆けてくる

秋の夜の園舎の灯り　子の声が早く聴きたい、あと数十歩

プラネタリウム

さまざまに中途半端なわたくしがプラネタリウムの扉を開ける

プラネタリウム出て霧時雨　生物が地球以外にゐないわけない

「ちゃんと抱っこされて！」と叱るパパさんとすれ違ひざま会釈する朝

同僚とランチしたあとわが顔を真顔に戻し自席に座る

蕪の葉を切り落としつつ紛れもなく切り落とすこと爽快である

にんにくをオリーブオイルで炒めてるとき〈役得〉といふ語を思ふ

春深き夜風のど真ん中となるいま干してゐる洗濯物は

泣くことを引き延ばすため駆け込んで来る人もゐる駅の売店

蜜月は一瞬だつた　四歳の息子はもう「オイ、離《はな》しぇよ」と言ふ

のんびりと生きてゐる子だゆやゆよん私の子だしのんびり生きよ

サーカス

（サーカスを見せたい）のみのわれを乗せ横浜線は海方面へ

サーカスの団員になる人生を知らないままの人生となる

虹色の舞台中央かがやけるピエロも持つや〈個人番号《マイナンバー》〉を

サーカスのライオン使ひと我の目の合ひたり広き時空に一度

資産家の家に生まれなかつたこと悔やむのんきな春の昼すぎ

鳥だけが鳥なんぢやない　蹴る地面、飛んでゐる空ごと鳥なんだ

数人が死ねばただちに孤児となる子と歩きをり地球の上を

葉桜となるころはもう皿洗ふ両手を気持ちよく水の行く

雨の日の人

雨の日にわたしのまへにあらはれる睫毛しづかな雨の日の人

ゆふぐれの苺大福やはらかいまま身の内へ沈んでゆけり

あぢさゐの奥へ奥へと入りて思ふ　婚姻制度ばかみたいだな

朝起きて平日ならば行く場所があつてわたしはがんばるだけだ

数人に挨拶をしてパソコンの電源入れる　明日もさうする

コピー機を操作してゐるわたくしの人差し指に迫る夕暮れ

ひよつと手を伸ばせば繋ぎくる手あり　やはらかな子の手が今はあり

あとがき

第二歌集です。三十代のほぼ十年間の作品の中から、四七五首を選びました。気が付けば、三十代はまるでゆめのように、あっという間に過ぎていました。
選歌は、第一歌集と同様、尊敬する高野公彦氏にお願いしました。お忙しいなか引き受けてくださったこと感謝しています。
タイトルは、
　人を恋ふときの眼差し　死を想ふときの眼差し　カノープス燃ゆ
の歌より、高野氏がつけてくださいました。
出版にあたっては、六花書林の宇田川寛之氏に多くの力を借りました。また、最近はなかなか会うことが叶いませんが、コスモス短歌会とＣＯＣＯＯＮの会の先輩や友人たちに、いつもとても感謝しています。

二〇二二年三月

片岡　絢

略歴

片岡　絢（かたおか　あや）

一九七九年、東京生まれ。二〇〇二年、「コスモス短歌会」入会。二〇〇五年「棧橋」参加（二〇一四年終刊）。二〇一五年、「ＣＯＣＯＯＮの会」参加。

カノープス燃ゆ

コスモス叢書第1210篇

2022年５月14日　初版発行

著　者——片岡　絢

発行者——宇田川寛之

発行所——六花書林
〒170-0005
東京都豊島区南大塚３－24－10　マリノホームズ1A
電 話 03-5949-6307
FAX 03-6912-7595

発売——開発社
〒103-0023
東京都中央区日本橋本町１－４－９　フォーラム日本橋８階
電 話 03-5205-0211
FAX 03-5205-2516

印刷——相良整版印刷

製本——仲佐製本

定価はカバーに表示してあります
ISBN978-4-910181-27-1 C0092